駅に着くと
サーラの木があった

以倉紘平選詩集

Ikura Kōhei

編集工房ノア

駅に着くと
サーラの木があった
以倉紘平選詩集

I　地球の水辺　（1992）

II　沙羅鎮魂　（1992）

Ⅴ　フィリップ・マーロウの拳銃　（２００９）

装画作品　伊藤尚子
装幀　森本良成

Ⅰ

地球の水辺

（1992）

千年——『一八六〇年英国大衆詞華選』一篇

昨日　仕事を終えて
馬車の走るぬかるみ道を帰ったことが
はるか昔のことのように思われる
今朝　学校に行く子供たちと
雨上がりの虹をみながら
イチゴジャムとパンを食べたことも
遠い日のことのように思われる
入道雲の下
伯母を訪ねる妻の乗った蒸気機関車が
駅《ロンドン・ブリッヂ》を離れていくのを見送っている
今　そんな束の間でさえも

遠い日のことのように思われる

百年がかくのごときものであるならば
私は百年を生きたことになる

千年がかくのごときものであるならば
千年を生きたことになる

——ぼくは架空の『英国大衆詞華選』を閉じる
そしてひそかに次のような盗作の文字を綴る

昨夜　勤務《つとめ》を終えて
灯の点った街路を地下鉄大国町駅まで歩いたことが
はるか昔のことのように思われる
今朝　学校に行く子供たちと
束の間の食卓を囲んだことも

彼等の出払ったあとが
急に静かになったことも
遠い日のことのように思われる……

——捕虫網をもった少年のように
僕は時の垣根を覗きこむ
静かに　静かに
永遠が流れすぎる

約束

〈来年　再来年
もっと先の真夏の海で
こんな入道雲　こんなヨット
こんな海を見たとき
中に私が必ずいるから
大きな声で呼んで下さい〉

書棚の愛読書に挟んである暑中見舞状
二本マストに五枚帆のヨット
鉛筆で画かれた背高大入道に
幼さの残る文字で即興詩が書き込まれている

昭和四十四年八月三日　女生徒名の署名がある
宛名には妻の名前が記されている
昔　中学生を教えた彼女の教え子の一人らしい
二十年以上も前の印象はもう薄れている様子だ

ぼくはこの絵葉書の即興詩
〈中に私が必ずいるから〉という言葉を
その後の女のどんな現実よりも信じている

ぼくは沖に出ていくヨットに大きな、大きな声で叫ぶ
すると　日焼けした顔に白い歯をみせ
ちぎれるように手をふる少女の姿がみえるのである

岸辺

〈兄さん　さきに行くわ〉
〈妹〉の哀しい声がした
ぼくは地球の岸辺で手をふっている
さようなら
たったひとつのことばが水面をわたっていく

草むらのやみに
ころがっている小石

塚口町六丁目バス停前　空地の草むら
地球の裏側
ブエノスアイレス　リヴァダ・ビア通りの端っこの
スーパーマーケット横から広がっている
大草原《パンパ》のなかの
小石

岸辺に佇んだものは
石になるのだ

最後の授業

最後の授業は
黒板をていねいに拭くことから始めたい
深みます宇宙の闇のような黒板
ぼくは黒板の下方に端から端へ直線を引きたい
——この月面の地表の上に
　諸君　ひとつの楕円を目に浮かべたまえ
　粉をふいた葡萄のような
　さっくりと割れた
　粉ふき芋みたいな　鮮やかな球形を
ぼくは黒板の隅から隅へ一本の対角線を引きたい
それは宇宙の船から眺めた地球の弧だ
薄い大気の層が闇にとけているのがみえる

――諸君はこの地表に生まれて二十年にみたず
　ぼくがここに滞在を許されるのはわずか二十年余に過ぎない
ぼくは深みます黒板に黄色のチョークで斜線を引きたい
流星のようにサッと
宇宙の永遠の闇から闇へ消え去る閃光
諸君　最後の日にも
この閃光の前に
ぼくがただ呆然と立ちつくすことを黙過せよ
――われらが人生の時間はかくのごとく束の間である
　何ごとにも心をつくすこと
　人間にできることは
　心づくしの他に何もない
別れに臨んでぼくは願う
――深みます天の黒板に
　各自の生活が
　かがやいてあるように

冬の日

ロケットから送られてくる地球の映像を
茶の間のテレビジョンが流している
地球の弧の上をうっすら覆っている大気圏
地球をリンゴの大きさとすれば
大気の層の厚さはリンゴの皮ぐらいですなどと。
繊《ほそ》いブルーのリングが濃紺になって
宇宙の闇に溶けている
手袋とマフラーの重装備で
娘と二人手をつないで外出する
木枯らしの吹く空を見上げたが
まずは何ごともない
近所の眼科で腰かけて順番を待つ

最近　肉眼でみる活字がたよりなげに見える
眼鏡はかけないでねと
足を揺らしながら娘は言うが
不器用なぼくにコンタクトレンズの使用は無理だろう
〈角膜の上には涙の薄い層があり、レンズは
涙の上に浮いた状態で安定しています〉と
ポスターにはある
眼の半球を覆っている薄い涙の膜に
レンズが浮かんでいる拡大写真
危なげだなと眺めていると
急におかしみがこみあげてきた
どうしたのと　尋ねられても
まだ小さなお前にには
わかってもらえそうにない
存在は〈涙の薄い層〉につつまれ
見るとは〈涙の薄い層〉を通すことだなんて！

英国の夏

列車はロンドンからドーヴァまで田園風景のなかを走っていた。牧草地や野や畑がおきざりにされ、小川が雨にけむるなだらかな起伏のなかに姿を現わすのであった。〈紅茶の時間〉が過ぎた頃、緑の映える田舎の小駅から捕虫網をもって、レインコートを着た親子連れがのりこんできた。父親は痩せて背が高く、同じ体形の、顔にそばかすのある少年は小学校高学年かと思われた。二人は私の前の座席に腰をかけると、申し合わせたように、互いのリュックや胴乱のなかから草花や虫や蝶をとりだしては、いかにも楽しげに語らいはじめた。私の見知らぬ〈博物〉が次々ととりだされた。やがて列車は小さな町に到着し、二人が降りてしまうと、私は立ち上って窓をあけた。雨上りの大地の匂いが流れこんできた。異国の夏の匂いであった。今頃、父と子は、木陰を辿って家路についているだろうか。二人は、植物や昆虫を採集してこの一日を過したのである。英国の田舎の夏を流れていた静かな時間。それはたとえ、忙しい国、日本で私が休暇をとり、わが子と共に野山に出かけたとしてもけっして満たされることのない時間であった。彼等の人生や生活の奥深い茂みを流れている時間のような気がした。私はあの父と子がみつめていた草花や蝶の翅のかがやきを今も一種のあこがれをもって思い出すことがある。

婚礼の朝

結婚式の日、足をひきずりながら父は、家を出るぼくを呼んだ。酒が祟って病気になり、一日の時間のほとんどが現《うつつ》でなかった。早朝、枕許に立って、険しい声で、〈刑事が外に来ている、早く逃げろ〉などと言っては、睡眠を妨げるのが日常であった。表情が僅かにほころんでいる。明治生まれの父は、笑うことに慣れていず、笑うと口許のゆがむ癖があった。側に行くと父は言った。〈残念だが、結婚式には行けぬ。そのかわりこれをやる〉手渡されたのは、戦時下に使用された近畿日本鐵道河内長野線の古い定期券であった。父が大阪市内の銀行に勤めていた頃に使用したものと思われた。病気以来、ぼくは父のこういうトンチンカンには慣れっこになっていたので、こみ上げてくるおかしさをこらえながらも礼を言い、これで、もうおやじともお別れだ、母は大変だなと思いつつ家を出た。

〈その定期券の日付を覚えているか〉飲み屋でこの話をした時、職場の同僚のひとりがたずねた。使用済みの定期券など、とっくに失くしていて、正確な日付けなど覚えているわけがない。ただ昭和十五年から二十年の間のほぼ〈戦時下〉に使用されたものということと、〈鐵〉という旧漢字だけが妙に記憶にある。同僚は自分の子供が生まれた日、定期券を買ったので、記念に残してあると言った。絶対にそれは父親の〈メモリアル〉だと主張した。ぼくの記憶では、誕生の年・月でなかったことだけは確かだ。しかし、同僚の指摘は、なぜか真実だと思えた。血が騒ぐというか、日頃、我が子のことなど忘れているぼくでも、ふと、家や学校にいる息子や娘を思うことがあるものである。そんな父親の、気まぐれに近いひそやかな思いが、ある日、ある時、偶然の恵みで、何かの形をとったとしてもふしぎではない。父は整理の好きな人であった。敗戦の時をくぐり、毎夏、大掃除を繰り返した田舎の家で、使用済みの定期券が訳もなく残ったとは考えにくい。兄や姉のためのものなら、とっくに彼等に手渡されているはずであるから、これは、やはりぼくに対する〈メモリアル〉だと思う他はない。

混濁をおこしていた父の頭では、もはやその〈メモリアル〉の正確ないわれは忘れ去られていた。しかし、父は、婚礼の朝に、息子の名を呼び、自由を奪われた身体で、それを彼に差し出したのだ。その時、父の血管のなかで騒いでいたものが何であったのか、そのことを思うとぼくは哀しい。

夜学生（二）

大阪市の某孤児院の門前に捨子があった。昭和三十三年十二月二十八日の夕刻で生後三週間であった。少年は、中学を卒業する迄この施設で育てられた。卒業後は福祉規則に従って施設を出、大阪平林にあるベニヤ工場に勤め、寮の住込みとなった。昭和四十九年四月、少年はこうして夜学に入学してきたのである。学級委員に選ばれ、体操部に所属した。華麗ではないが、努力型の演技は今も私のまぶたにある。二年の時、少年は二、三の級友《クラスメイト》を前に自己の生いたちを語ったことがあった。作文の時間のあと、自分は捨子であること、書置きによって母の出身地は長崎県であり、その名は、〈柳田ベン〉であると。その年の夏、同郷の級友の案内で、彼は長崎市へ旅立った。しかし、〈柳田ベン〉なる女性の行方はしれなかったのである。

施設で育って、大阪の地下鉄すら乗車したことのなかった彼の、唯一の旅が母を求める旅であったことは象徴的である。柳田が発病したのは、昭和五十三年十一月であった。大阪扇町公園で、深夜、暗い夜空にむかって咆哮しているところを警官に補導され、某精神病院に収容された。私は大和川沿いにあるその病院を幾度か見舞っている。すでに全身がむくみ、分裂病特有の緩慢な動作と弛緩した表情をもつ人間になっていた。〈窓から〉と彼は言った。その時の目の異様なかがやきを私は忘れない。〈きのうもお母さんが覗いていた〉と。柳田信吾の病いは一進一退であった。ただ一度、病気が快方にむかったことがあった。彼は担任の私に〈帰るところがあればなあ〉とつぶやいたのである。妻と二人の幼児のいる狭い私の家に、彼をひきとることは不可能であった。私は無言のうちに彼を拒み、彼の快癒の唯一の機会を奪い去ったのである。彼はやがてリハビリテーション用の公共の厚生施設に移され、施設と病院の出入りを繰り返した。それから七年、昭和六十年十二月七日、柳田信吾は病院の屋上から投身自殺をとげたのであった。病院のカルテには、警察の調べによって彼の死を〈柳田ベン〉に伝えたとある。〈柳田ベン〉は、遺体並びに遺骨の引取りを受諾せず、病院側にまかせる由の連絡をしたと記している。よって彼の遺体は、大阪市長の命により、セレモニーユニオンなる名の葬儀会社によって荼毘に付され、その遺骨は、阿倍野斎場高台の最西端にある無縁仏の墓に合葬された。

一年後、私は病院のカルテの記載をたよりに、〈柳田ベン〉の動静を求めて、佐賀県唐津市の小さな田舎町を訪ねて行った。私の目的は、いかなる理由によって子供を捨て、いかなる理由によって遺骨の引取りを拒んだのかを知ることでない。わが子との対面を拒むには余人の与り知らぬ深い事情がひそんでいるに違いない。ただ私は、生前の少年が母を求めて旅立ったこと、病室の窓から自分を見つめている母を歓喜をもって語った事実だけは伝える義務があると信じたからである。しかし、捜しあてた共同長屋の住所には、すでに〈柳田ベン〉はいなかった。彼女は半年前に死亡しており、しかも彼女は〈柳田ベン〉という名をもつ廃品回収を業とした朝鮮の女《ひと》であったのである。

II

沙羅鎮魂

（1992）

〈最後の晩餐〉

北陸路は寒々としている。残雪が泥にまみれているのは追討使平維盛の率いる平家の軍団が通過して行ったからである。追討軍が都を出て加賀と越中の国境いにある礪波《トナミ》山・山頂の倶利伽《クリカ》羅《ラ》峠に野営したのは翌月十一日のことであった。五月になって雪も消えた夏道に若葉がさやかな翳を落としている。北国に遅い夏が訪れようとしていた。十萬の兵を呑んで礪波山は全山緑におおわれている。木曽義仲は軍勢を七手に分け、夜陰の攻撃に備えて、今しがた兵士に、短い休息を命じたところである。七隊のうち一隊が潜んだのは、礪波郡北蟹谷村大字松永のぐみの林であった。北陸本線石動《イスルギ》駅西南にひろがる山麓地帯である。平家の作者は〈礪波山の口、黒坂の裾、松長の柳原、茱萸の木林〉に一萬余騎を〈引き隠し〉たと書いている。兵たちは残された時間をぐみの実を食べて費したにちがいない。慢性的な飢餓を癒すため彼等は夏ぐみを貪ったのである。これは諸記録に書留められた治承・寿永の飢饉の状況からして誤りのない想定である。ぐみの実を食み、口を朱にそめてその種を吐き捨てる兵士たち。もし我が国にひとりのレンブラントがいたとしたら、この黄昏のなかの〈最後の食事〉を描かぬはずはなかっただろう。その渋みに顔をしかめた髭面、ぐみの枝ごと口に運ぶ満足げな兵のまなざし。ある者は草に座し、ある者は甲冑を脱いで樹に凭れ、放心して迫りくる夕闇をながめている。これこそ日本中世前史の戦乱の現実を生きた人間の顔である。——数刻の後、クリカラ峠で激戦があった。山巓に月が出て、広大なぐみの樹海は、折から吹きおろす山風に、銀色の葉裏を翻してざわめいている。

岩波大系本平家物語巻第七・火打合戦

家禽

Mという少年がいた。大阪の町工場に勤めて夜学に通ってきた。住まいは鉄工所の二階にあって、病床の彼を見舞うと止むことのない騒音と振動が伝わってきた。Mは都会になじめず、故郷の沖縄の海辺の村へ帰っていった。私は彼に何の用件でか電話を入れたことがある。秋半ばの夕暮であった。米軍の基地で働くという少年の声はなつかしかった。その時である、かすかな飛行音と共に伝わってくる鶏の声を聞いたのは。まだ暮れていない基地の島の明るさの残る庭。電話が切れてみると、つるべ落としの秋の闇が私を襲ってきた。

安徳天皇を奉じて平家一門が都落ちしたのは、寿永二年七月廿四日のことである。それから二十日後には都で四歳の新帝即位があった。新古今和歌集編纂で有名な後鳥羽院である。この幼帝の母は、七条修理大夫信隆卿の娘であって、信隆は娘のいずれかを女御・后に立てたい願望をもっていた。ために人の勧めで千羽の白鶏を飼ったという。平家物語によれば〈白き鶏を千そろへて飼へば、かならずその家に后いできぬるといふことありとて、白き鶏を千そろへて飼ひ給ひけるゆゑにや〉とある。私の関心は宮廷社会に渦まいた権謀術数のはてに、即位なったこの歴史上著名な帝王にある訳ではない。この動乱の世に、七条修理大夫信隆なる男の庭前に飼われていた千羽の白鶏である。鶏が人間の歴史の庭に登場し、海山の戦の日にも、餌をはみ、砂浴びをしていたという風景の意味である。この時、鶏は稲妻のように、物情騒然たる古代末戦乱の闇を照らし出す。電話が切れて私を襲ったあの夜の闇の深さもまた。

日本古典全書平家物語巻第八・山門御幸

星明り

かすかな星影《せいえい》が鎧の上にひかかった。男たちはやがて木柵を登りこえ、まだ明けやらぬ中世の夜闇のなかに消えていった。寿永三年二月七日、義経の鵯越えの坂落としが始まる夜明け前のことである。源氏方に武蔵国の住人で、河原太郎、次郎という兄弟がいた。恐らくは、半農の侍であったこの兄弟には、つき従う家の子郎党のあろうはずはなく、父祖の開いたささやかな土地と一族を守るには、自ら動いて手柄をたてる以外になかった。そこで、兄は弟に、自分は奇襲による先駆けを果たすつもりだが、千万が一にも生きて帰ることはないと思う、お前は残って、恩賞のため後の証人に立てという。しかし、弟は同意しない。やむなく二人は、覚悟をきめ、故郷の妻子に最後を伝える手筈をして、死地へとむかうことになる。〈馬にも乗らずげゝをはき、弓杖をつゐて、生田森のさかも木を登りこえ、城のうちにぞ入たりける〉平家の作者は、この後に続けて、〈星明りに鎧の毛もさだかならず〉と書いている。この物語にたった一箇所現われる星明りの描写とは、ここのところである。かすかな星影は、敵陣営の逆茂木を登りこえる男たちの鎧の上を照らした。先行者の背面にひかったかすかな明り、その縹渺たる薄ら明りにおぼろげに浮かんだ鎧の縅毛《おどし》。それにしても、いったいこの兄弟は、何を見たというのだろう。鎧の札《さね》を精魂込めて縅した故里の女たちへの愛憐であったのか。それとも弱少なるものの運命の薄幸さであったのか。あるいは、それともきれぎれの未来から届いた中世の暁光ででもあったのだろうか。平家の作者は何ごとも語ってはいない。しかし、私には、古代末期の騒然たる夜空から射してきたこの静かな星明りこそ、いつの世にも人間の歴史を縅糸のように彩って、自らは滅びていかざるをえなかった弱少なる無名人への、ひそかな祝福の光ではなかったかと思われてならないのである。

＊げげ―わらぞうりのこと。

岩波大系本平家物語巻第九・二度之懸

屋島

瀬戸内の入り組んだ島のひとつで慌しい人馬の動きがみられた。雨風に傷んだ甲冑を身につけた兵士たちが、馬首を揃えて威儀を正し、一人の兵士を渚にむかって送りだす。入江の沖合では、船団が、冬の浜辺の夕刻の舞台を見守っている。元暦二年〈比は二月《にんがつ》十八日、酉の尅〉とある。吹き荒れる海上に、雲の切れ目から洩れてくる薄日がスポットライトのようにあたっている。渚に登場した馬上の兵士の祈りが続いている。やがて、弓に矢を番え、渾身の力で引絞る。両軍の兵が鳴りを静める。〈沖には平家、船を一面に雙《なら》べて見物す。渚には源氏、轡を雙べて是を見る。何れも何れも晴ならずと云ふ事なし。〉聖なる凪ぎの瞬間、紅の扇が空に舞い上がるや、地と海からどよめきがおこる。〈沖には平家、舷《ふなばた》を扣《たた》いて感じたり、陸《くが》には源氏箙《えびら》を扣いてどよめきけり。〉船全体が巨大な楽器になったのだ。背に負う箙が、無数の筒の打楽器になった。〈感に堪へずとおぼしくて平家の方より年の五十ばかりなる男の黒革縅の鎧きたりけるが、白柄の長刀もって、扇たてたる所に立って舞ひはじめたり。〉これらの記述を読むたび、戦闘が直ちに宴でありえた時代のあったことを知る。私は叙事詩の世界の本質を端的に言い表す言葉を捜してきた。平家の作者は、両軍の兵士の心を〈何れも何れも晴ならずと云ふことなし。〉と記している。この〈晴《ハレ》〉という一語こそ、この物語の本質を言い当てた言葉である。それ故、晴朗たる楽の音は、神々の群れつどうヤシマに轟いたのだ。

日本古典全書平家物語巻第十一・扇

馬

〈ひょいと後を向いたあの馬は、かつてまだ誰も見た事のないものを見た〉と二十世紀の初め、ジュール・シュペルヴィエルは書いた。後をふり向いた馬の動作はいつの世にも詩人のポエジーをそそるものらしい。十三世紀、平家の作者も、馬のこの動作について記述した。一の谷の戦《いくさ》敗れた平家の総帥平知盛は、敵の追撃を受け、主従三騎、渚に向かって走っていた。従者二人が防ぐまに、海中に馬を乗り入れ、船に引き上げられ、からくも命助かるのである。しかし、船は混みあって、馬の収容場所がない。〈馬たつべき様もなかりければ汀《みぎは》へおつかえす〉ここに平家の侍大将阿波民部重能が、〈御馬敵のものになり候なんず。ゐころし候はん〉と弓に矢を番る。それを堅く制して

〈何の物にもならばなれ、わが命をたすけたらん物を、あるべうもなし〉と知盛。阿波民部重能は後、壇浦海戦で、平家の旗色が悪くなるや四百艘の船団を率いて源氏に寝返った武将である。王朝最後の武人・平知盛の古代的おおらかさに対するに、重能のこのすばしこい中世領主的感覚。馬はしばらく主との別れを惜しんで船を離れないが、やがて陸《くが》に向かって泳ぎはじめ、次第に遠くなっていく、〈足たつ程にもなりしかば、猶船の方をかへりみて、二三度までこそいなゝきけれ〉。――ところでこの馬は、ふりかえっていったい何を見たというのだろう。十代の頃、私はこの馬のいななきに、人間と馬の親密な絆を思って涙した。二十代で、厳然たる運命の支配に対する澄明な悲しみを見た。三十代で、王朝世界の滅亡の挽歌を聞いた。そして、四十代になって私は確信するに至った。人間の愚かしい営みなど、あの澄んだ馬の瞳は何も映していなかったのだと。

岩波大系本平家物語巻第九・知章最期

藤戸

白い波がしらを目印に盛綱が海に馬を乗り入れる
遅れじと源氏の将兵が切れめなく続いていく
めざすは平家の前線基地
備前国西河尻の海岸から五町余を隔てて浮かぶ〈児島〉である
〈たとへば河の瀬のやうなるところの候が
　月がしらには東《ひんがし》に候
　月じりには西に候〉
〈浅き所は波の立合高く立候ぞ〉
藤戸の海峡は月齢に応じて浅瀬があらわれる
月はじめには海峡の東に　月のおわりにはその西に現われるのだ
白波のたかく寄せるしたたに海の道がみえるという

近江の国の住人佐々木三郎盛綱は
昨夜
土地に詳しい浦人からその秘密を聞きだした
——そして
非情にもその漁師を口封じに刺殺したのである
謡曲「藤戸」は
源平の戦のあと
備前国〈児島〉の領主となった盛綱に
殺害された漁師とその老母の怨念をからませる
が、それはあくまで謡曲の話だ
元暦元年九月廿六日辰の刻
藤戸海峡　西端にあらわれた白く波立つ海の道
大小の魚影が浅瀬をよぎってすばやく海中に消えて行った
波間に沈められた漁夫の死体
白波を分けてつき進む軍馬
古代の戦場のこのむごい〈明るさ〉はどこからくるのだろう

おそらくそれはこの物語に記述された月の盈欠と潮の満干《みちひ》のせいに
相違ない
——あの夜
盛綱の心に〈潮《うしお》〉がみち
そして引いたのだ

延慶本平家物語・岩波大系本平家物語巻第十・藤戸

白い馬

密告者の知らせによって鎌倉方の捕り方が、平家の嫡々・六代御前の隠されている神護寺南東、遍照寺の奥にある菖蒲谷に急行したのは、文治元年（一一八五年）十二月十七日であった。〈色白う眉目よき〉者、七十余人を殺戮した世にいう平家狩りである。幼子は、割り竹やアシなどで編んだ簀子で巻いて水につけ、おとなびたる者は斬った。小松三位中将維盛卿の北の方は、迎えの武士を外に待たせ、脅える六代御前を抱きよせ、御髪かき撫で、物着せ奉り、黒木の數珠をわが子の指にしっかりと握らせた。〈これにて念佛申して極楽へ参られよ〉それが十二歳になった愛息子への別れのことばになった。〈これより父上のいらっしゃる所へ参ります〉わが子の口からそんなけなげなことばを聞いた。やがて引ったてられ、輿にのせられ、武士共前後左右を取り囲み、近侍の侍が二人、はだしで門外に走り去るのを北の方は夢うつつのうちにみた。狭い空にいくたびか日が上ったり下りたりした。そんなある夜、母なるひとが夢をみたと平家の作者は書いている。〈只今ちとうちまどろみたりつる夢に、此の子が白い馬に乗りて来たりつるが〉〈もしやと傍をさぐれども、人も無し。夢なりとしばしもあらで覺めぬる事の悲しさよ〉わが子が、白い馬に乗って戻ってきた夢をみたというのだ。馬をおりるのももどかしげにその懐にとびこんできたのだろうか。もしやと添寝の傍をさぐったけれども、いるべきはずのわが子はいない。母なるものとは夜ごとわが子の体温と感触によって命を紡ぐものであろう。〈もしやと傍をさぐれども〉に、癒されぬ母性の永劫の悲しみが伝わってくる。その激しい渇きが、厳冬の夜ふけの闇のなかに白い馬を走らせたのである。夜ごと、母の水平線にみえてくる小さな白い馬。

岩波大系平家物語巻第十二・六代

維盛

平家の嫡男、平維盛は、那智のウラで入水したとある。落ちあう人びとで、ごった返す六波羅郊外の集合所に、三位中将維盛のすがたはない。八ケ月前、平家都落のことである。異変を感じた資盛卿以下五人の兄弟が門に馬を乗り入れる。遅参の維盛が弓のはずで示したのは、つぎの光景であった。〈是御覧ぜよ、おのおの、おさなき者共があまりにしたひ候を、とかうこしらへをかんと仕る程に、存の外の遅参〉平家の作者は、この直前を、〈三位中将、馬にうちのっていで給ふが、猶ひッかへし、えんのきはへうちよせて、弓のはずでみすをざとかきあげ〉たと書いている。御簾《みす》のなかには、いたいけな子供たちと、それを抱きしめる維盛の妻がいたのである。しかし、維盛は、母子の像をみたわけではなかった。彼は、その瞬間に、体験したこともない世界へひきずりこまれたのである。琵琶の撥音にあわせて、せわしげにかき上げられ、かきおろされた簾《れん》の音。その擬音語〈ざ〉が鳴りやむ瞬間に、叙事詩の時間は、はるかかなたへ駆け去ったのだ。あっという間に、この男は、おいてきぼりをくったのである。滝壺にはげしく流れおちる時間を、弓のはずでひっかけてなかを覗いたばっかりに、この男は時のウラ側へと蹴こまれたのである。

高野、熊野をさまよい歩き、ふと気がつくと、目の前には、彼の魂と同じ色をした、暗く蒼い海がひろがっていた。那智勝浦町浜宮の海である。そこから舟をだし、失った時のながれつく黝い潮《うしお》にむかって投身した。時の遠ざかる擬音〈ざ〉を耳に残して。寿永三年三月廿八日のことである。

岩波大系本平家物語巻第七・〈維盛都落〉他

III

日の門

（1986）

最後の夜学生

吹雪はじめたゲレンデをほやほやの〈スキーヤー〉がけんめいに滑ってくる。俊敏な者もいれば、時にはまろびながらたどたどしく降りてくる者もいる。ここは猪苗代《イナワシロ》スキー場。室内に灯が入って、生徒たちの雪焼けした笑顔がぼくの周りに揃っている。しかし野村一男はここにいない。今夜も大阪は冷え込みがきついだろうか。外の暗闇に母の手を引いて病院に通うのっぽの猫背の姿がうかぶ。〈ぼくの修学旅行は、みんなお母さんにかかっている。……行きたいが行かれない、ぼくは家に帰って、お母さんとお父さんに話をした。お母さんは行かないでほしいという。お父さんは、お母さんが行かないでほしいというのにおまえは行くのかといいました。ぼくは昔からお母さんのしんどそうなところを見ていますのでぼくはお父さんにこういいました。行かないと。先生には話しづらいのでテストが終ってから話そうと思っていました。もう一つお父さんがいったことで胸にいまでものこっていることがありますので書きます。お父さんはこういいました。おまえはスキーとお母さんのどちらをとるのかと。先生にはわるいがぼくはお母さんをとります、先生ごめんなさい、これでぼくの作文はおわりです。〉

ああ、なんと優しく、愚直で、無垢な魂だろう。母を責める気も、父を咎める気も、自分の宿命を厭う気もさらさらない。……初産のお前が生れてすぐ、お前の母は神経を病まれた。それ故、お前は健康な母の容姿を生れて一度もみたことがない。中学校の修学旅行も、そしてこの寒い冬の夕べも、いやこの四年間のいつの日も、お前は仕事を終えて帰ると母をつれて病院への道を通った。

遅刻と早退のもっとも多い野村一男。その数だけ母の世話をした野村一男。お前の母は騒音や自動車の警笛を極度にきらわれる。お前はだから静かな路地を怯える母をかばいながら歩く。お帰り。ぼくを含めた十一人の夜学生が、やがて今夜も交替で電話を入れるだろう。そして眠る前、めいめいの心に問うだろう。修学旅行にきた全クラスの、全校の、全大阪の、日本中の若者の心に問うだろう。〈野村一男をどう思うか?〉

ドアのむこう

どこかからいま帰った気がして
ふと　男はめざめる
薄暗がりにひらいている半びらきのドア

そのむこうですでに夜が明けている
バス停で空を見上げ
何かを思い出そうとつとめている
街かどから現れたバスが　男を連れていく
電車がくると　押すしぐさで乗りこみ
大きな駅につく

交差点で信号がかわるまで立っている
高層ビルをエレヴェーターで上がっていつもの部屋のドアを開けると
背後に名を呼ぶ声を聞いた気がしてふりかえる
ドアを閉めるとかすかな記憶がほこりのようにまいあがる
自分はたしか誰かであったと　誰であったか
ドアを閉めしな思い浮かんだ気がするが思い出せない
机を背にして男が座っている
男の目にとなりの高層ビルが映っている
そのビルの室内にもガラスの目をした男が立ってじっとこちらをみつめている
高層ビルの上に夜がくると
やがて姿をあらわす星が〈地球〉だなんて誰が信じられるだろうか

夕方　男のかげがビルから現れる
交差点で止っている
広いホームに電車が入ると
顔をゆがめ「く」の字型に押されるしぐさで乗っている

バスに乗りつぐ
停留所につくと後ろのドアが
夜の口のように　あく

地球の写真

宇宙のまっくらやみに
地球がうかんでいる
何億年もたったひとりでうかんでいる

なぜ人は夢をみるのか

この写真をながめていると
ぼくはただちに了解できる

人が夢みるのは
地球が夢みる存在だからである

人ばかりではない
この淋しい天体に住んでいるものは
みんな夢をみるのだ

動物の夢　樹木の夢
風の夢……

牛が草をはんでいる
（地球が夢をみているのだ）

夕べの風が道端の草をゆすっていく
（地球が夢をみているのだ）

街に灯がともっている
（地球が夢をみているのだ）

壁の写真を背にして
女の手がぼくを抱いている
ぼくらは暗がりから
やがてボートにのるだろう
ボートはまっすぐ
地球の水辺をはなれるだろう

祝福

贅沢な言葉の旅をしたことがある。元日の早朝にパリを発った列車はフランスの田舎を走っていた。霧が出て、車窓の風景が見えなくなったので、私は北欧の旅のことを思い出しながら紙ナプキンにいたずら書きをして遊んでいた。〈マッチ擦る束の間白き頬みせて異国の女《ひと》は闇に消えゆく〉〈悲しきは人魚姫よ今もなお人恋う歌を海にうたえる〉稚拙きわまりないのだが、そんな歌が幾つか生れでた。異邦の国の言葉に囲まれていたためか、作歌の経験のない私からそんな日本の歌が思いもかけず生れでる不思議に私は驚いていた。列車では、もう一つ事件があった。車内が混雑していたので、私たちは席を詰めて七、八歳位の少女を座らせていた。グレーの瞳をしたフランス人形そっくりの少女は、膝の上にバスケットを置き、扉の外の父親と別れて少し緊張ぎみに座っていた。私は人伝に聞いたことを確かめてみたくて、紙ナプキンにアラビア数字を書きつけると、自ら発音し、少女に範読を要請した。その時の少女の発音のみごとさを忘れることができない。私は正月のフランスから祝福を受けているような気がした。フランスの娘は、花嫁道具の一つとして、美しいフランス語を持っていくという。それは、本当だったのだ。思えば、何と贅沢な汽車の旅であっただろう。あの時の少女は、もう十七歳になっているだろうか。美しい母国語をしゃべった娘よ、おめでとう。

midnight-rain

列車が淀の鉄橋を渡るとき
春近い夜空に稲妻が走って
一瞬　照らし出された銀の斜線
幾つもの橋や両岸の家並が浮かんで
ふと口ずさむ
〈ラインに降る雨は天からの長いたよりだ〉
その町では
　夜空を銀の雨が降り
　ゆえ知らず風が吹き
　なぜか明りが美しかった

雨も風も
生き死にも
四季のように訪れて……
天の暦に読みふける町の屋根
今宵いかなる嵐が吹き荒れているのか
雨滴の流れる車窓《ガラス》の向こう

銀の斜線の弦を奏で
はなやぎながら消えていった
幻の小さな町

ガス燈

——その映画ならみましたわ
電話口で
半年ばかり前結婚した女の声が聞えてくる
ぼくはグラスに酒を注ぐ
——男が宝石泥棒かなんかで
ある有名な女優を絞殺するんでしょう
ところが宝石の隠し場所がわからなくて
こんどはうまうまと
その姪と結婚するのね
——そうそう　叔母の持物が天井裏にしまわれている
そのどこかに宝石が隠されているんだ

夜になって夫が外出すると　かならず
妻の寝室の天井で物音がする
急にガス燈が細くなる……
バーグマンのおびえた顔がきれいだったね
――ひどい男！
幻覚だといってとりあわないのね
妻が読んだはずの手紙の存在を否定したり
そうして少しずつ妻を狂わせていくのね
――ところで
君の天井では物音はしませんか
――あら
ねずみが走りまわる以外はね　残念ですわ
――それはけっこう　ドラマのないのが良き生活ですからな
さて　ぼくの気にいっているセリフがひとつあった
奥様を安心させようとする女中のことばでね
〜ガスはパイプを通ってくる　よそでどんどんつかえば

　こちらにだってひびくことがある〉
——そんなのどこがおもしろいの
——その頃ロンドンではガスを使っていた
ガス燈のパイプの向こうから
忙しい朝夕の人間の生活が伝わってくる
台所の女だとかパブだとか霧のなかの雑踏を走る馬車だとか
十九世紀英国民衆の体温ってやつが
——あら　あいかわらずなのね　女《ひと》の体温はお忘れのくせに
でもそれなら日本にだってありますわよ
ホームごたつなんか朝晩力が弱いですわ
テレビの音だって
——それは発見だね
〈電気は電線を伝わってくる　よそでどんどん使えば
　こちらにだってひびくことがある〉
ホームごたつの向こうの
わが日本民衆の体温に乾杯！

ついでに君の新生活にも
――あら　酔ってらっしゃるのね

＊ガス燈・一九四四年・メトロ映画

永遠の生活

ひさしぶりに蕪村の故郷まで歩いてみた
天神橋をわたって小一時間
帰りは難波橋に戻るいつものコースである
昔は　毛馬の渡しがあった所
橋をわたればもうそこは蕪村の国
《春風や堤長うして家遠し》の句碑がある
私たちはここに立って
枯葦の風にそよぐのを眺めていた
工芸の勉強に行くといって
女が異国に発つ前であっただろう
〈蕪村の大坂っていいですね

〈永遠のまなざしとでもいうのかしら〉
そんなふうに言われてもわからなかったが
こうして女のいなくなった大坂を一人で歩いてみると
しみじみいいものと思う

難波橋の上には高速道路が走り
橋づめの獅子の彫刻あたりは紙くずだらけだ
黒ずんで汚れた大川がゆっくりと流れている
《ミラボー橋の下セーヌは流れ》の風情はないけれど
私たちの間にも
戻りはしない歳月が流れてしまった
《朝霧や難波を尽す難波橋》
《朝霧や画にかく夢の人通り》
こんな蕪村句を思いだしながらこのわびしい橋を歩いている
橋上の雑踏が朝霧に包まれて画にかく夢のように浮かんでいる
――そんな橋を手に手をとって

誰の目も気にせずに
渡ってみたいと思ったこともありました
女はこんな手紙と一緒に精巧なVenetian glassを送ってくれたが
二人の恋と同じように
よほどこわれやすいものだったのだろう
それもいつの頃にかなくなった

蕪村の《澱河の歌》の口ずさみを聞かされたものだ
この歌は　伏見百花楼の遊廓に遊んで
浪花に帰っていく男を送るおんなの心をうたったものという

菟水合《ヒ》二澱水《ニ》一　交流《シテ》如《シ》二一身《ノ》一
舟中願《ハクハ》同《ともニシテ》レ　寝《ヲ》長《ク》為《ラン》二浪花《ノ》人《ト》一
宇治川と淀川の水は相逢い　交わりあって一身のごとく流れていく
私もその舟に一緒にのって　共寝《ともね》をして浪花に下り
末長くあなたとともに暮らしたいと

女はしばしば言ったものだ
この夢はかなわぬゆえに美しいと

橋上にたって　夕暮の川のさざ波をながめている
もしかしたらこわれてしまったあのVenetian glassにも
そんな夢の断片《かけら》が映っているかも知れない
今でもどこかでひかっているガラスの破片のなかの
永遠の生活

遠い橋の下やみに小さな艀《はしけ》がきえていく
水面が暗くなってひんやりとした川風がわたってきた
外灯の点りはじめた中之島公園の木立のなかを
私はゆっくりと通りぬける

夏山

〈根雨はさびしい温泉町である〉そんな書出しではじまる小説を、受験勉強のつれづれに書き上げたことがあった。その温泉町に転地療養中の〈私〉は宿の手伝いに来るかさねという娘を知る。私たちはけだるい煙をあげている湯の町の見わたせる裏山でしばしば会う。〈かさねが小走ると白い笹はサラサラと音たてて静かに流れる〉そんな笹原での逢瀬がしばらく続く。しかし、彼女は突然死ぬ。死にぎわに〈もういや、いや〉と繰りかえし叫んだそうである。〈私〉あての紙包みをひらくと無数の折鶴がこぼれでる。翌日〈私〉は宿をひき払いそれ以後はその地を訪れたことがない。それ故かさねの墓がどこにあるのかさえ知らない。そんな結びの稚拙な小説であった。

その後、私は伯備線の沿線の根雨《ねう》という駅にたった一度だけ降りたったことがある。大学二年の夏休みだったか、大山に登っての帰りである。桝水の高原に友人たちを残して誰にも告げずに、かつて地図帳を開いて辿った伯耆溝口・江尾・武庫・根雨・黒坂とつづくなつかしい駅名と緑の濃い町まちの風物を列車の窓から眺めながら日野山地の谷底にあるその町にこっそりと降りたったのだ。木材のにおいがして山あいの町に早い夏の夕暮が迫っていた。甘いエーテルのような木々の香りがする空気を胸一杯呼吸しながら私はひそかにかさねという名で呼んだ愛《かな》しい女の匂いをそこにかぎ分けようとしていたのかも知れなかった。もとより地名を借りただけのその製材業の町に小説に描いたような温泉宿のある訳はなかったが、その平凡な谷あいの町の入口を歩くだけで、もう私は胸打つ動悸で息苦しくなってあたかも犯罪者がその現場を訪れた時のような心持でそそくさと次の急行にとびのってしまったのである。

それから二十数年、かつて誰にも告げずにこっそりと峡の小駅に降りたったあの夏の夕べのひとときほど、ふしぎなかがやきを湛えて思い出されてくるものはない。歳月の酒樽のなかで醇乎としてかおりはじめた酒のように。甘いエーテルのような木の香のするそのにおいをかぐときまって私の魂は軽い眠りにさそわれるのである。

駅

濡れた枯葉を踏みしだいて
僕等は朝早い駅にきた
夕べ知らぬまに雨と風があったらしい
駅舎の屋根にも枯葉が散らばっている
見上げると
空に浮かんでいた淡い雲は
もうそこにない
朝の雲はくずれやすいのだろう
短い別離の言葉を残して
列車は
満目秋のなかを去っていった

その到着駅がどこであろうと
女はおりたったその大地で
しっかりと根を張るだろう
夏には緑の木陰を
その下で
僕の半分見知らぬ顔をした
赤ん坊を
育てるだろう
地球の上のこの小さな区域では
いま落葉がさかんである
そんな地の上のプラットホーム
もう僕を見つめることのない
秋の瞳

砂州

地中海の小さな島の花で埋もれた見晴らしのよい別荘に
ひとりの若者が訪ねてくる
〈あれは何の映画だったろう〉
海のかげが白壁に揺れているテラス
テーブルに花とぶどう酒とスペイン料理が並べられ
「よい天気だ」と上機嫌で老人がぶどう酒の栓を抜く
パラソルの陰にすっぽり収まって夫人が
鱶のひれ肉を切り分けながらはしゃいでいる
久しぶりにみた甥の顔が
ほのかなあじさい色に染まっているのを
伯母に会いに来た長い船旅の疲れと誤解して

若者は人妻を愛して旅に出ていたのである

よく晴れ渡った午後
まぶしくひかる海をながめながら
老人が静かな口調で語りだした
　年老いた者は日々思い出のなかに生きている
　年若い者にだっていつかはその日がやってくるだろう
　思い出はできるだけ作っておくがよい
焼きするめのにおいのする場末の映画館でみた妙に心に残ったあの場面《シーン》
あれからどれほど日が過ぎたことか
若者の愛も私の恋もその入り組んだ筋書きのあらかたは
忘れてしまってもう記憶にない
ただあの老人の遠い眼差しのかなたに
まぶしくひかっていた白い波のきらめき
あれだけが日々の水平線に今も美しい

私は果してあの老人の促しに忠実に生きたと言えるだろうか
愛はしばしばゆるめた両腕からすべり落ちて
流失した時の砂州を　きびしく太陽が
照らしていたりする

島

夏休みが終っても、ぼくはまだその島にいた。真黒に日焼けした若者たちは、日没まで泳いだり、ヨットや水上スキーを楽しんでいた。ぼくの人生に欠けていたものは、こういう種類の享楽ではなかっただろうか。新学期が始まって、生徒たちは教室で待っているだろうに、ぼくは島のホテルを引き払う気持になれなかった。〈この島の海豚《イルカ》は賢いですよ〉と静かな目をしたベルキャプテンが教えてくれたが、なるほど日没と共に浜辺を引きあげる人群れに、海豚はいくども立てた尾びれを振ってさよならをした。ぼくは窓べで日に焼け焦げた空と海をながめていた。夏の一日に平穏な幕がおりようとしていた。ぼくは人生をいとしいと思った。

翌朝、島を歩いた。人影の疎らな町を通ると、家並みの切れ目に、激しい潮の流れがみえるのだった。細い路地の向こうに、海へくだる石の階段がひかっていて、入口に佇むと、日陰の風がわたってきた。海流は白い波頭を立てながら、日をあびていた。山腹の町に入ると、ふしぎに山々は色づいていた。細いくねった家並みの切れ目に、チラと紅葉がみえるのだった。時にはガラス窓に溪谷のはなやぎが透けていた。見え隠れしながら色の滝はしぶきをあげていた。——人生にはきっとまだ激しく美しいものが隠されているのだ。その島の最後の夜、ぼくは久しぶりによく眠った。夢のなかで、旅行鞄《トラベルケース》に手荷物を詰め込みながら、はたして遠い自分の国へ辿りつくことができるだろうかとしきりに思っていた。

IV

プシュパ・ブリシュティ　（2000）

峡《かい》の小駅

じゃあね――
さよなら　またあしたね
電車からおりた女生徒たちの群れ
コスモスの花咲く駅舎の柵の前で
郵便ポストをはさんで
右と左に分かれて手を振っている
秋晴れにふさわしい
つややかなはりのある声で
あしたはかならずやってくる
そのことになんの疑いも持たぬ
くったくのない心で。
かつて私も

夕まぐれていく友だちと
あんなふうにあしたを口にしたことがあった
色づきはじめた伯備線の峡の小駅
電車がようやく動きだす
〈今しばし死までの時間あるごとく
　この世にあはれ花の咲く駅〉*
コスモスばかりが
風に揺れているあたり
消えていった少女たちに
私は心のなかでさけぶ
さようなら
この世の
花の咲く駅で
みかけた少女たちよ
さようなら

*引用歌は小中英之

〈バス〉という名の魚

私はいまだにその魚の正しい名前を知らない。故郷の人は〈バス〉と呼んでいたが、魚類図鑑で見るバス科の魚は、大きくて、獰猛そうである。記憶の中のその魚は、鮎のようにスマートで、特に色彩が際立っていた。といっても、熱帯魚のようなきつい色ではなく、背から腹にかけて、濃い青から抜けるような陶器の白になり、水彩画の絵筆でひとなでしたような、黄や紅色が横にあっさりと走って美しかった。釣り人に聞くと、それは〈ハス〉のことだろうと言うのだが、ハスは、青色に淡く黄が混じっているが、紅色をしていない。婚姻色のオスの場合には、紅色が輝くけれども、黄が欠けている。図鑑では、〈カワムツ〉という魚が、その色どりの鮮やかさにおいて、一番近いように思える。しかし、鮮明な白色が欠けているし、全体に、もっとほっそりした、すばしっこくて、優美な印象であった。図鑑の中のどの魚も、よく眺めていると、似ても似つかぬものに思えてくるのである。〈バス〉を初めて見たのは、私が数え年四歳、昭和十八年の夏であった。夏休みになると、旧制中学に在学していた三人のいとこたちが、遠方から遊びに来るのが常であった。彼等が訪れると、二上《にじょう》山麓の緑に包まれた田舎の家は、にわかに活気づくのである。私は彼等のあとをついてまわったが、ある時、石川に魚をとりに行った。広い川幅の、砂洲の間に生じた細流に網を仕かける。幼年の私は、流れに逆らって、魚群を網の方に追い詰める役であった。足裏のぬるっとした石の感触。ゆらぐ身体。水面下の魚たちの敏捷さ。そんな小半日、力強く撥ねる〈バス〉を、私は、両の掌《て》のなかに見たのだった。それは、青々とした二上山にかかる、夕立のあとの虹のように美しかった。

敗戦の混乱には、まだ少し間のある頃であった。大人たちは、しかし、黙々と何ごとかに耐え、ふしぎに明るい静けさのなかに、はりつめた空気となんとなくむなしさの感じられる田舎の夏であった。休みも終わりに近づくと、いとこたちは、裏山を越えて、上《かみ》の太子《たいし》駅にむかうのである。彼等が去ってしまうと、私の夏も終わるのであった。田舎の家は、再び、激しい蟬しぐれに包まれるのである。いとこたちのいなくなった家で、私は哀しみともなつかしさともつかぬ感情に襲われた。そのやるせない感情を、父母に告げるには、余りに幼なく言葉を知らなかった。

三人のいとこのうち、長男は、豪胆で、次男は優しく、三男は茶目っ気があった。下の二人は、特に私をかわいがった。一年有余、上の二人は、学徒志願兵として出征し、長男の方は、中国で、次男は、東支那海で戦死したのである。

五十年たった今になって、私は、〈バス〉と呼ばれた魚のことを思い出すようになっている。あの美しい紅色は、私の人生の最初の哀しみのようでもあり、亡くなったいとこたちの若い日の輝きのようでもあり、敗戦前の祖国のなつかしい色のようでもある。〈バス〉と呼ばれた魚は、永久に、魚類図鑑になくてよいのである。〈バス〉は、私の遠い時間の川を遡上して、仕かけておいた記憶の網目にかかったのである。長い歳月が育てたその魚に、私は、ただ驚嘆するばかりである。

父親の帰宅

旅行鞄をもって、大学生になった息子が、ノーテンキに手を振っている。入学式の前に、下宿先きに落ちつきたいというのだ。部活の合宿に行くようにいとも簡単に出て行ったが、これで息子の顔をいつでも見れるというわけにはいかなくなった。男の子は巣立つと、そうたびたびは帰らない。今朝《けさ》のできごとは、意外に大切になるはずだが、彼は、新しい人生の方に目をうばわれて、気づいていない様子である。

三十六年前、四月初めの花ぐもりの日、私はK大学の姫路分校の〈白鷺寮〉に入るため、大阪、東南にある二上山麓の田舎の家をでた。大阪駅まで父親が見送りにきた。六十七歳だった父は、久しぶりに吸った都会の空気にとまどったのか、普段とはちがう表情をしていた。発車のベルが鳴っている間、父は杖がわりに持っていたこうもり傘の柄に両手を重ねて、窓ぎわに座っている私の方を見ていた。動きだすと、こうもりを少し持ち上げ、日頃は笑わない口もとが、少しほころんだように思えた。老齢の父親を残して、列車は、あっという間に未知の人生の方へ走りだしたのである。姫路城の裏手に、古い木造二階建ての白鷺寮があった。寮全体は、新入生を迎えて活気にみち、木作りの廊下は、夜遊びの先輩たちの帰還で、夜中になっても騒々しかった。家郷を離れた最初の夜、ピカピカの人生の始まりにふさわしく、私の神経は興奮してよく眠れなかった。

息子が家を出てから、大阪駅に残してきた父親のことを急に思い出すようになっている。プラットホームの父親は、ようやく背を向けて歩きだした。酒好きの彼は、途中、天王寺辺りで一杯やったのかどうか。二つの電車を乗りついで、近鉄河内長野線の喜《き》志《し》駅に着いた父は、夕もやにかすむ故郷の——金剛、葛城、二上の山々をしばらく眺めて過ごしたにちがいない。私の田舎はバスの便が悪いのである。バスの進行につれ、二上山麓は、闇に包まれる。点々と灯のともる谷間の村。家の玄関は、格子のガラス戸であった。開けるとガラガラと音がする。出迎えた母親に、無口な父は、息子の出立を、ごく簡単に報じたにちがいない。三十六年たって、やっとわが家に帰りついた彼のことを、私は親しく思い出すようになっている。

清張さんの映画

松本清張原作の映画だった
北陸を走る列車の窓から
雪をかぶった
小さな町の家並みが見えた
屋根のむこうには
冬の日本海がひろがっている
白黒の映画で一瞬だった
あの町におりたった気がする
停車場には
水気の多い冷たい風が吹き荒れている

やみに浮かぶ駅舎の屋根の雪片が
舞い上って夜空に消える
からだから抜け出た魂のしっぽのように。
トレンチコートの襟をたて
大型の旅行カバンをもって
ぼう然とそれをみつめているのは私である
私はそれからどうしたのだろう
何くわぬ顔をして教師などして
十年ほど前に見た清張さんの映画では
犯人はとっくの昔に挙げられているのに

冬の海

冬の土曜日の夕刻
阪急塚口駅前の電話ボックスで
小型の手帖を拾った
所持者の住所と氏名が癖のある女文字で記してあった
新宮市三輪崎という地名に
熊野灘の海の色を感じながら
それを封筒に入れて送ってやった
しばらくして
礼状がきた
〈あなたの住んでいらっしゃる兵庫の塚口に別れた彼との思い出があって
　ふと行ってみたくなったのです〉
とあった

私は文面からその女《ひと》の年齢を三十代前半と推定した
そして　その手帖に記されてあった
〈喫茶店でM子と会う〉だとか
〈美容院に行く〉だとかいった
一見幸福とも退屈ともとれる日常を思いやった
そんな記載からはなんの気配もなく
その女《ひと》は突然遠い兵庫まで出むいてきたものとみえる
その女《ひと》は私の住んでいる平凡な町に
特別の思い出があるらしかった
トタン屋根に石を並べた家
そんな家並みの向こうに
冬の熊野灘の暗い海の色が
しきりに私の目にうかぶのであった
月並みな日常のメモの羅列
その単調な文字のテトラポッドに
終日、白い波が砕け散るのを私は感じていた

菩提樹

小学校四、五年ぐらいの、長旅に汚れた旅支度の少年僧を、私は、最初、熱帯の花樹に包まれたスコータイ王朝の廃墟の博物館で見たのだった。父親と同じく黄赤の僧衣をまとい、すり切れたゴムの草履《サンダル》をはいていた。文明の国から来た着飾った旅行客の中で、二人の風貌は、野と風と大地の匂いを放っていた。仏像に見入っていた少年と目が合ったとき、そのつやつやした黒い瞳と、羞じらいを含んだ人なつっこい表情に惹きつけられた。口もとにかすかな微笑《ほほえみ》が浮かんだかと思うと、また静かに仏像に見入るのである。あどけなさの残る表情とその瞳には、一種の哀しみが潜んでいるとも、邪《よこしま》な誘惑に、容易に転げていくような脆さを隠しているとも思われた。しかし、また、どことなく、老成した雰囲気も漂うのであった。二度目に見たのは、廃墟を見学中、スコールに見舞われ、ワゴン車に緊急避難したときである。ワイパーも役に立たぬ窓ガラスの流水を通して、樹《こ》陰で、肩を寄せながら、雨宿りをしている二人が見えた。最後に見たのは、廃墟の高い仏塔の上からであった。雨上りの街道を、ピサヌロークの町の方へ向かう姿だった。いかなる運命の下にある父と子なのか知らない。明瞭なのは、私の国にない、激しい経験を少年がしているということであった。至福の旅の終わり、少年は、通過した昼と夜、たくさんの村と町や、動物や人間の暮らしを思い浮かべる。黒い瞳の表面がうるおい、見る間に飽和して、あらゆる地の光景と形象を溶解させながら、こぼれ落ちるものがある。ふるさとの庭の菩提樹の下で、泣きじゃくる少年の涙を、私は経験したことがなかった。

遊戯

――ガダルカナルで戦死した叔父の遺品ノートに蟻に関する観察記録があることを先年亡くなった叔母の口から聞いたことがあった。

茂みから窺っていると遠くに熱帯樹の林が見える。敵機が次の降下を始める迄、まだ間がある。〈私〉は走ってそのなかに辷り込み、湿った土の上に二筋の蟻を見た。蟻は二筋、大木の根元を挾んで、先端は樹木の翳りのなかに消えている。鋭い急降下音。何発かは木々の葉を裂き、無数の天窓から光がささってくる。〈私〉は死を覚悟して、屈んで蟻の動きを見守った。めまぐるしい〈混乱〉が始まり、二筋の蟻は横一列に並んで対峙し、その背後に縦隊の蟻が整列した。陣形が整うと蟻は俄かに交戦状態に陥ったのである。策略・奸計の類の一切ない一対一の嚙み合いであった。前進と退却で帯のような流れは複雑に曲折した。勝敗は相手の首筋を嚙み切ることで決する。丘蟻が斃れると、背後に控えていた衛生兵の一隊があらわれ、遺骸を後方に下げるのである。〈私〉は頭上の敵を忘れて、この蟻の戦闘を見つめていた。戦いは止んだ。幕がおりた後には一匹の死骸も残されていない。地面にはみどりの葉陰が鮮やかに揺れ動いているばかりである。

私は蟻の集団行動の実際を知らない。しかし、蟻の国家組織の歴史は六千万年、人類のそれは一万年にもみたぬという。この小さな生物に宿ったものは、〈神〉に近いとすなおに信じられる。人間の戦争の醜さに絶望された神は、このなじみ深い生物をかりてたまゆらの遊戯をされた。南海の小島の未踏の密林を舞台とし、観客にはただひとり、生物学専攻の若い学徒兵がえらばれた。――叔父は六千万年の〈時〉の秘密をみて戦死したのだと私は信じている。

*蟻の生態については「蟻」の彫刻家向井良吉氏の講演記録に拠る。

新年の明かり

アラスカから北極圏をぬけて
冬の北欧の小さな空港まで
黒々としたかげ絵のような風景をみた
機がスカンジナヴィア半島にさしかかったときだ
眼下に
チカチカとまたたいている灯がみえた
北欧の見知らぬ町の灯であった
半島をおおう凍えるようなやみのなかで
〈マッチ売りの少女〉の
両の掌《てのひら》のなかにともった明かりを
そっとおいたようにかがやいていた

あれから二十数年
花の匂いをふくんだ熱帯の夕暮れのやみも
人間の心のやみも
ますます謎めいて見える年齢になっている
闇の季節の長い北欧では　薄明から暗黒にいたるまでの
幾層もの闇を形容する言葉があると聞く
激震地だった神戸にも　種類の異なる闇が襲った
しかし
倒壊した家で　テントで　路上で　焼けあとで
北欧の一少女のともしたマッチのような
美しい明かりがともったことを　私たちは忘れない
大惨事においても　あたう限り秩序を失わなかった神戸
世界のマスコミを驚かせた神戸は
根のところで
日本人の隠れた力をみせてくれた

冷静で自然体だった神戸っ子の謎ときはいずれ市民自ら解くだろう
それらが戦後の現在の日本人にどれほど勇気を与えたことか
北欧の貧しい少女の
あかぎれた両の掌のなかにともった一本のマッチの明かり
いかなる闇もこの至福の明かりにはかなわないだろう
眠れぬ夜　いつしか私は
はるか眼下の
凍えるようなやみのなかにまたたく灯をみつめている
たくさんの両の掌に
あふれて
こぼれてくる明かり
あれが
復興をちかう
神戸の灯だ

＊一九九七年一月一日「神戸新聞」

エレベーターから見えた海

早朝の通勤バスが
近所の交差点で信号待ちをしているらしい
騒音にまじって
車内向けのアナウンスがかすかに聞こえる
抑揚に富んだつやのある女性の声である
内容はよく聞きとれないが
――イッツ・ゴーイング・アップ
――イッツ・ゴーイング・ダウン
ハワイのホテルのエレベーターで流れていた声のようだと
寝床のなかでうつらうつら聞いている
まだおさなかった二人の子供が

歌うような語尾の口調をまねして
ぼくの腕にぶらさがってきたっけ
あのホテルではエレベーターのなかから
よく晴れ上がった海が見えた
あれが
人生でもっとも美しい眺めだったかも知れないな

夢まぼろしのように時が過ぎ
子供たちは巣立ってもう我家にはいない
あるとき
私はあのバスのアナウンスを確かめに
早朝の交差点に立ったことがあった
はたして一台のバスは　信号待ちを利用して
あの朝のようなアナウンスを流したのである
しかし
次の停留所の名のあとに

——お忘れもののなきようお降り願います
といっているだけであった
人生にはこんな錯覚はしばしばある

V

フィリップ・マーロウの拳銃　（２００９）

雨晴《あまはらし》という駅

雨晴
なぜ　こころが動くのか
失われた夢の
かすかな　痕跡のように
雨晴という地名は朝からぼくのこころのなかにある
ぼくのまだ行ったことのない富山県の冬の駅
夢に降り立ったかもしれない駅
夢の中にいるのはもうひとりの私という説がある
夢の中の私とは何を材料にできているのだろう
行方不明だったきみが
雨晴という名の駅にすがたをあらわしたのだ

待っていてね
ぼくの人生に　もうそんな日は二度と来ないから

一緒に　改札を出て
バスに乗って
ふたり
雪の降る道を
相合傘で
海の方へ
歩いて

また遠く
旅立ってしまうきみを
いつまでも見送っているぼく
雨晴という駅

青山

定年になってスイスの山を見にでかけた
ロープウェーで吊り上げられたり
登山鉄道に乗ったりして
途中　牧歌的な夏の山国の風景を見た
ある日は高い峠をバスで三つも越えるのだった
山裾をおもちゃの汽車が走り
谷間の村や羊の群れが現れたり隠れたりする
すばらしい風景を見たと思った
しかしなぜか暑苦しく　すべて人工的な気がした
これが西洋だと思った
長年の酷使で心身が弱っていたのだろうか

ぼくは生まれてはじめてバスに酔い
ホテルでは酒を飲んで倒れた
帰りの飛行機で　身体を伸ばし
アイマスクをつけ　耳栓をしてよく眠った
眠っているうちに
急に吉野へ行きたくなった
谿声山色という言葉がしきりに聞こえてきた
夢のなかで　宿の女将に
魚は絶対にボイルしないでくれと頼んでいた
こんがりと炭火で焼いた鮎料理がでた
こころゆくまで湯に浸かり　谿流の音を聞き
涼しい風のなかで食事をした
窓の外には青い山々がひろがっている
暮れなずむ日本の山
女は青山の精かも知れなかった

アイマスクをはずし　夕靄にとけていく
美しいおんなの身体をさわったり舐めたりした
これは現実だろうか夢だろうか
ぼくは青山につつまれていた

花摘むひと

ピラミッドの魂が
まだ寝しずまっている時刻
紅海から吹いてくる夜明けの風が
ジャスミンの匂いをはこんでくる
めざめて
カーテンをあけると
沿道に到着したトラックから
次々と子供たちがおりてくる
手かごを受けとり
朝もやのジャスミン畑に散らばっていく
まるで蝶の群れのようだ

子供たちの背たけは花摘みに適し
その天使の指先は花びらを傷めないという
摘まれた花はフランスに送られ
子供たちが半年働いても買えない
高価な香水になるという
彼等はその報酬で
家族を助けているのだ

グッド・モーニング！
ナイルの船着場に案内してくれる
アフメッド少年が
ホテルのコテージに迎えにやってくる
扉をあけるパナマ帽をかぶった妻に
いましがたジャスミンを摘んだ
やさしい手を差し出して

＊NHKテレビ「働かされる子供たち」（93年12月17日放送）を見て。

釘打つ音——チェーホフ異聞

先生の生徒！
マーシャはいつもそう記した
〈人民の中へ〉の若い活動家だったマーシャ
重症の結核だった彼女はモスコー郊外の病院にいた
最後の対面の後　遺稿のノートを手渡すと
マーシャの瞳は　思慕するひとを永遠に封じ込めて
もう開くことはなかった

同じ日は二度とやってこない／どこからか釘打
つ音が聞こえてくる／釘打つ音はいいものだ／
家を建てる音／鉄道を敷く音／新生ロシアの建

設の音／なんという爽やかな響き／久しぶりに
聞いた釘打つ音！

どうして神はこんなけなげな生命を召されるのであろう
この世のことは私には何ひとつわからない
馬車の中で　アントン・チェーホフ先生は鼻眼鏡を外し
胸ポケットのハンカチで涙を拭う

私たちの未来の物語を書いてください　先生
そうすれば私はいつまでもそこで生きることが
できますから

いとしいマーシャ
建設的なロシアの物語を書きましょう
人間が生き抜くために必要な
苦しみと悲しみから生まれる愛の物語をね

乏しき時代に

――門の鉄の大戸
玄関の戸をいっぱいあけておくこと
西瓜を冷やしておくこと
離れに雑巾がけしておくこと
神棚仏壇を整理しておくこと
一輪挿し程度でよいから花をさしておくこと…

江田島海軍兵学校一年、満十七歳に満たぬ若者が、夏期休暇で帰省するにあたり、故郷の妹にあてた手紙の抜粋である。彼、臼淵磐大尉は、昭和二十年四月七日、二十一歳七カ月で戦死している。「大和」の乗組員で、後部副砲指揮所・分隊長であった。

——徳之島ノ北西二百浬《カイリ》ノ洋上、「大和」轟沈シテ巨体四裂ス
　水深四百三十米
今ナオ埋没スル三千ノ骸《ムクロ》
彼ラ終焉ノ胸中果シテ如何

「大和」は無謀この上ない作戦により、片道の燃料を積載しただけで、沖縄に特攻出撃した。臼淵磐大尉は、戦艦大和と共に、三千の死者の一人として、南海に散華したのである。家族にやさしく、水泳の達人で、詩文を愛好したという。

——何故に笹の葉を追ふか
　このせせらぎのめだかは

繊細で、心やさしい抒情詩もいくつか残しているが、しかし次の如き死生観の持ち主であった。

——進歩ノナイ者ハ決シテ勝タナイ　負ケテ目ザメルコトガ最上ノ道ダ…
ソレ以外ニドウシテ日本ガ救ワレルカ　今日覚メズシテイツ救ワレルカ　俺タチハソノ先導ニナルノダ…

私の驚きは、国家の運命に翻弄されたこの若き大尉が、すでに幼少年時から身につけていたと思われる生活の感覚についてである。水を打った敷石や庭の匂い。開け放たれた家のすがしさ。雑巾がけした畳や床《ゆか》の感触。簡素な神棚の森厳な雰囲気…。それらを統べるどの家にも満ちていた何か。かつての日本の家と日本人の起居振舞いに宿っていた何か。
旧世紀との別れの元旦を迎えるにあたって、私は我が家の玄関をあけておく。いっぱいにあけておく。玄関に水を打ち、部屋に一輪の花をさしておく。あの敗戦によって失ったものを自覚するためである。

＊引用は、吉田満『戦艦大和ノ最期』（講談社文芸文庫）並びに『鎮魂戦艦大和』（講談社）所収「臼淵大尉の場合」に拠る。

夢

ゆるゆると川をくだっていく舟がある
入り江に白い帆を揚げた一艘の舟が入ってくる
死者はその海で育つ
生者もまた育てられる
死者の帰っていくところは

そんな入り江以外のどこにあるだろう
陽をあびて
ひっそりと停泊している舟
舟のひとが桟橋に現れるとき
わたしはきまってかなしい夢をみるのだ

電話が掛かってきて

一〇月末終日雨降りの夕方
——註文書が届いております
梅田の大型書店から電話が掛かってきた
書名を聞いてみると
『あなたに似た人』だという
なんとしゃれた名前だろう
ぼくは机の書類の隅っこに書名を書き取る
しかし一向に記憶が戻らないのである
誰かがぼくに読ませるべく註文した本だろうか
数日後、都合をつけて
その書店に行ってみると

文庫本で
ロアルド・ダールの本だとわかった
すっかり忘れてしまっていたが
阿刀田高さんの『短編小説のレシピ』を読んで
「南方から来た男」が読みたくなった
その短編が収録されている本だとわかった
たしかに九月半ばに註文した記憶が蘇ってきた
——あなたに似た人
「南方から来た男」を読んで見ると
賭けごとにはまっていく
人間の心の奥深くに潜んでいる
空恐ろしい性癖を描いた傑作だったが
どこかでひそかな期待を裏切られた気持ちがした

もうこの世にいない
あなたに似た人

を駅のプラットホームや
街なかの雑踏に見かけたことがある
瞬時はなやいだ思いは　今日のような雨の日の
なすすべもない心の夕闇に
まぎれていくのが常であったが

雑踏の歌

木は空間を分けあう
相手の成長にあわせ
枝葉の方向を修正して待つ
あいた空間に
顔をだし　腕をのばす

お互いが自己の葉叢《はむら》空間を
争うことなく決定する

何という調和《ハーモニー》だろう
電車が行ったあとの踏切の雑踏

徐行しながら
行き交う車や自転車
買物帰りの主婦　勤め人
人波がお互いをすかしていく
遠い昔　多分
人間は
木であったにちがいない
森であったにちがいない

生命《いのち》が空間にみち
枝葉がのびてくる気配
密集する葉群
ぬくもり
ぼくはこういう雑踏がすきだ

父が生きていた頃

海水浴に行くには
朝の五時に起きるのだった
父の自転車の後ろに乗っていくと
駅前の鍛冶屋はもう起きていて
赤い火の粉が闇のなかに浮かんでいた
堺の海水浴場は
白砂青松のよい場所を
進駐軍が占領していた
日本人の泳げる海はブイで区切られていたが
今も昔も浜辺の放埒な賑わいはかわらなかった
ぼくは泳ぎを覚えはじめたところだった

海から上がると脱衣場の売店で
父がアメ湯を飲ませてくれた
簾の中の細かな砂地は
足裏にひんやりと感じられた
父は職を失っていた
その頃父は何を考えていたのだろう
帰りの電車の窓からみると
線路わきの家の日陰に
雑草が白いほこりをかぶっていた
屋根にはぺんぺん草が
ひょろひょろと風に吹かれていた
復興前の日本
父は新世界でビールを飲み
夕暮れの田舎道を
自転車にぼくを乗せて帰った

おたふくてい

〈おたふくてい〉という言葉を知っている人は、もうふるさとにどれほど残っているだろう。敗戦直後の、田舎の村に、乗合バスが開通することになった。バスは、近鉄南大阪線の喜志駅が始発で、大和と河内の国境にある二上山麓の村の入り口まで走るのである。バスは復興の波が、ようやく田舎にまで届いた証拠であった。駅近く、米軍のジープやトラックが勢いよく走る国道があった。南北に走る国道を西へ渡って、バスが駅へと向かう十字路の際に、ペンキで〈おたふく亭〉と書かれた食堂が開店した。子供の私には、なにかわくわくするような感じがした。初夏には、入り口を竹簾で囲い、鉢植えの朝顔が花を咲かせた。カレーライス、ラムネ、氷、アイスキャンデー等と書かれた短冊の文字が、朝顔の花や葉の間に見え隠れするのである。村では、春から初夏にかけて、えんどうの皮を剝く手内職があった。大人の女たちにまじって、雇い主の家の土間や庭に敷かれた茣蓙に座り、爪で傷をつけないように剝いたえんどう豆を器に入れていく。私はここで二円か三円のお金を稼ぐと、いったん母親に見せに帰り、許可をもらうと、アイスキャンデーを買いに、自転車で三キロほど先にあるおたふく亭へと向かうのである。アイスキャンデーは当時の私にとって、この上なく美味な天上の食べ物であった。私たち家族は、夕食のときなど、折にふれてその食堂の話をしたものだ。今日カキ氷の旗がでたよとか、新しくパンを売るようになったとか。〈おたふく亭〉を話題にするときは、家族の誰もが、遠いあこがれについて語っているように思われた。

おたふくてい。その名を口にした父も母も姉も、もうこの世の人ではない。言葉を共有できる人がいなくなるということはなんという寂しさであろう。我々の人生には、相手の死によって残された、他の誰にも理解されることのない、秘密の暗号のような言葉がいくつか転がっている。その人の相槌や微笑みを必要とする言葉が。お・た・ふ・く・て・い・は少年時代の私のあこがれや幸福感の名であった。私は今も、この言葉をひとり口にのぼせる。そうすると、村の白い砂煙りの道から姿をあらわすのは、まだ失うことの悲しみを知らぬ少年の私である。

身を逆さに

志賀直哉の短編を読んでいたら虻の描写にぶっかかった。孫娘に届けてやろうと、朝顔を摘んで上向けに持ちながら坂道を下ってくると、一匹の虻が顔のまわりを煩く飛びまわった。立ち止まると、人間には無関心に〈身を逆さに花の芯に深く入って蜜を吸い始めた。〉〈丸味のある虎斑の尻の先が息でもするように動いている〉[*]とある。僕は教科書から脱線して、生徒たちに『田舎の日曜日』という映画の話がしたくなった。

パリ郊外に、妻を亡くした孤独な老画家が住んでいる。一九一〇年代だったか。日曜日になると、長男夫婦が二人の孫を連れてやってきます。その一日を描いているのですが、生き物の声によって、田舎の豊かな自然を演出した映画でもあります。駅へ迎えに行っての帰り道、まず牛が鳴く。それから鶏の声がします。古びた塀ぎわの小道を通ると、虫の羽音がする。たぶん虻でしょう。威勢のいい音です。色づき始めた樹木に囲まれた広い屋敷。台所で家政婦が着いたばかりの孫娘にタルトの切り方を教えます。窓の外で家鴨が鳴く。広い庭の水辺にいるんですね。

昼食の時間。レモンの滲みたローストチキンを食べていると、ヴァイオリンの音色のようにつやのある蜂のとぶ音がする。〈小さな蜂が大きなお前たちを狙わないよ〉おじいちゃんが都会育ちの子供たちを安心させます。食事が済むと、子供たちが一斉に庭にとびだす。屋根のあたり蜂の羽音が聞こえてくる。大人たちも外に出て、椅子に凭れてりんぼく酒を飲みます。旋回する虫の羽音。野太い〈ブ〉の音がよぎっていく。台所では、休息をとっている家政婦が目で追いながら〈いやなハエねえ〉とつぶやいています。静かな昼下がり、なべて世は何事もなし。たえず聞こえているのは小鳥の声。チチチチ、ピチリ、ピチュリ、ピチリ、ピツピツピッピーだとか、ピイチクリ、ピチュリ、ピチュリ、ルルルル、チッチッチッだとか、お昼寝の間も鳴き続けています。空から降ってくる感じです。

お茶の時間。テラスにいると、家鴨の声が聞こえる。魚と水を丸呑みしたみたいに、グェグェグェだとか、クウヮクウヮクウヮだとか。子供たちを残して、河畔のカフェで村人たちとダンスを楽しむ若夫婦はルノワールの絵の再現のようでした。青い空、白い雲、川の流れ、黄葉、花、色彩の乱舞。実は、老人に年頃の愛娘がいて、恋人との間がうまくいっていません。久しぶりに都会から帰ってきても、こっそり電話をかけています。彼氏のことが気になるのか、夕食もしないで帰って行きます。心配そうな父親の顔。

やがて、虫の羽音も家畜の声も止む。小鳥の囀りも殆ど聞こえてきません。21時13分発、パリ行き最終列車が出て行く。孫たちを見送って、ひとりになった主人公が家路を辿ります。薄ら明るい鉄路。孤影、寂蓼。人間も生物も〈身を逆さに〉世界の蜜を吸って、自分のいのちを懸命に生きている、そんな感じの良い映画でしたよ。淀川長治さんはビター・スゥイートな映画と言ってました。

＊志賀直哉「朝顔」

サーラの木があった

駅に着くと
サーラの木があった
思い出せるのはただそれだけである

そこからいかなる言葉も紡がれようがなかった
こころみるとすべて作りごとのような気がしてくるのである

〈駅〉とは何だろう　それはこの世のことではあるまいか
〈着く〉とは何だろう　それは遠い所から
この世に生まれたことを意味しているのではあるまいか
サーラには匂いと色があったはずだ

甘い花のかおり
風がにおいを運んできたのだろう
(風はひろびろとした野の方に過ぎさったのか
びっしりとつまった街の家並のほうへ吹きすぎたのか)
そう書くともう汚れてしまう感じなのだ
たくさんの小さな白い花
朝日に輝いていたのか夕映えにきらめいていたのか
(乗客の中に行商のおばさんが
少女が乗っていたのかどうか
だいいち駅名や時刻表があったのかどうか)
そんなことを考えるともう嘘のような気がしてくるのである

だから
なにか豊かなものがあったとしかいいようがない
白い花の色とかおり
すみやかに時が流れ

あっという間だった
この世のことは　もうそれ以外に
ぼくはなにも思い出せないのである

あとがき

私の詩集に、乗物の登場する詩が多いと、指摘して下さる人がいて、なるほどと思うようになった。汽車、電車、船（舟）・ヨット、ボート、艀、バス・ジープ・トラック・自動車・自転車・馬車・馬・飛行機・ロケット等が登場するのである。それに「駅」という言葉、あるいは駅の名の入った詩も多い。それらはどういうわけか昔から私のこころを惹きつけて止まないものであった。それで、そんな名詞の入った作品も集めて選詩集を出したいと思うようになった。極めて少数ではあるが、私の詩集を読みたいけれども手に入らない、とおっしゃって下さる人もいる。この選詩集は、まずそういう人々に届けることができたら嬉しい。

私の母親は、電車に乗ると、一駅で車酔いするひとだった。その体質を受け継いだのだろう、幼少年期、私は特にバス旅行に弱かった。小学生の頃、遠足で、バスに乗らなければならないときは、たいへん憂鬱であった。まだ酔い止めのトラベルミンなどがなかった時代である。それでも、未知なるもの、遠くへの憧れは強くあったので、私にとって、乗物は、それを手に入れるための苦しみと憧れの象徴として、どこか謎めいて、私のこころの深層に生き続けて来たのかも知れない。

実は、近く予定している新詩集にも、乗物の作品が結構ある。これはしかしやむをえず加えないことにした。

以倉紘平

二〇一七年秋

以倉紘平（いくら・こうへい）略歴

1940年大阪府生まれ。
神戸大学文学部国文学科卒　大阪市立大学文学部国文科修士課程修了
大阪府立今宮工業高校定時制元教諭
近畿大学文芸学部元教授
詩集
『二月のテーブル』（1980年 かもめ社）
『日の門』（1986年 詩学社）第１回福田正夫賞受賞
『沙羅鎮魂』（1992年 湯川書房）
『地球の水辺』（1992年 湯川書房）第43回Ｈ氏賞受賞
『地球の水辺』（1993年 湯川書房）特装版定30部　挿絵のペン画　望月通陽
『プシュパ・ブリシュティ』（2000年 湯川書房）第19回現代詩人賞受賞
『プシュパ・ブリシュティ』（2001年 湯川書房）特装限定20部
　　木口木版画　斎藤修
『フィリップ・マーロウの拳銃』（2009年 沖積舎）第17回丸山薫賞受賞
エッセイ集
『朝霧に架かる橋』（2000年 編集工房ノア）
『心と言葉」（2003年 編集工房ノア）
『夜学生』（2003年 編集工房ノア）
共著・論文その他
『平家物語　研究と批評』（有精堂）
「平清盛試論―遅すぎた東国回帰」岩波書店　文学1980年10月号・他
『大野新全詩集』（砂子屋書房）『嵯峨信之全詩集』（思潮社）
『桃谷容子全詩集』（編集工房ノア）に関わる
詩誌『アリゼ』主宰　詩誌『歴程』同人

選詩集
「駅《えき》に着《つ》くと
サーラの木《き》があった」

二〇一七年十二月二十日発行
著　者　以倉紘平
発行者　涸沢純平
発行所　株式会社編集工房ノア
〒五三一―〇〇七一
大阪市北区中津三―一七―五
電話〇六（六三七三）三六四一
FAX〇六（六三七三）三六四二
振替〇〇九四〇―七―三〇六四五七
組版　株式会社四国写研
印刷製本　亜細亜印刷株式会社

ISBN978-4-89271-286-9